Salvador Comelles

Abecedari poètic

Il·lustracions d'Àngels Ruiz

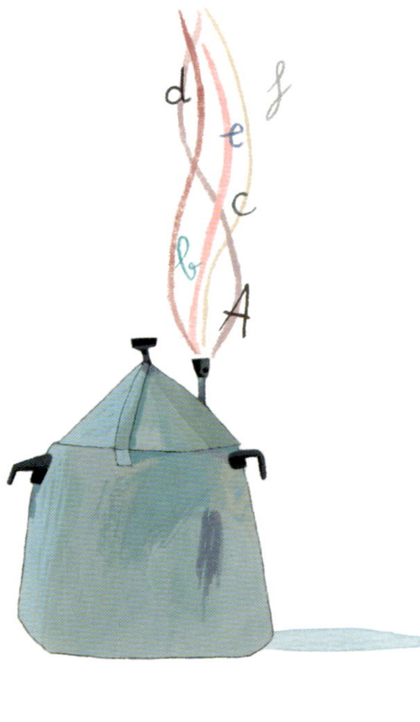

cruïlla

A

Baixada

b

B

Ai, rinoceront,
t'has ficat al fang;
tens la banya bruta
i ara et cal un bany.

Quin gelat més bo!
Si tu també en vols,
te'n poso una bola
o bé tot un bol.

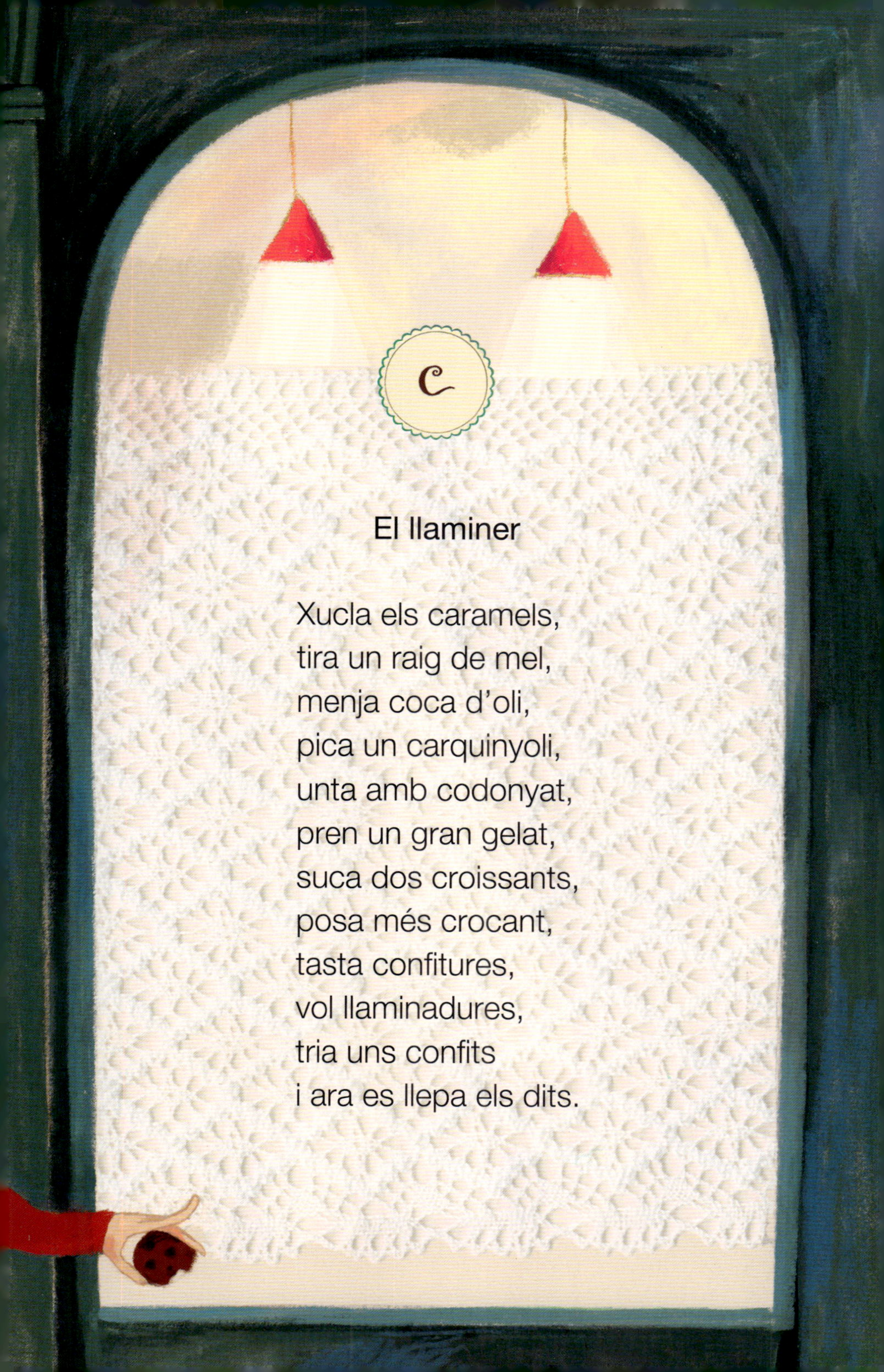

C

El llaminer

Xucla els caramels,
tira un raig de mel,
menja coca d'oli,
pica un carquinyoli,
unta amb codonyat,
pren un gran gelat,
suca dos croissants,
posa més crocant,
tasta confitures,
vol llaminadures,
tria uns confits
i ara es llepa els dits.

d
d
d

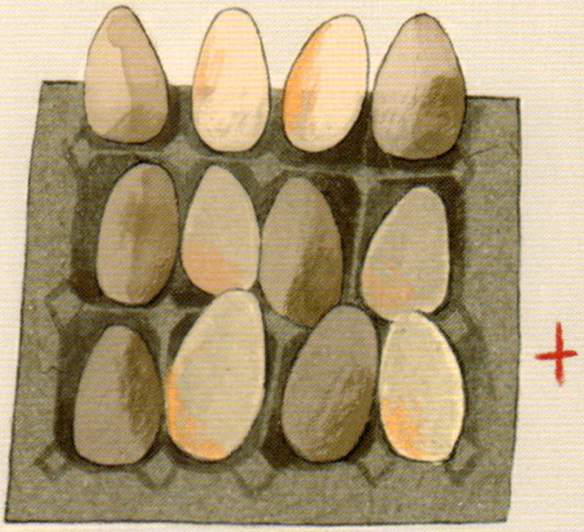

El menú del gegant

El dilluns
cuina llegums.
El dimarts,
deu calamars.
El dimecres,
unes llebres.
El dijous,
dotzenes d'ous.
El divendres,
dos bens tendres.
El dissabte,
un sac de pasta.
I el diumenge,
un bou menja.

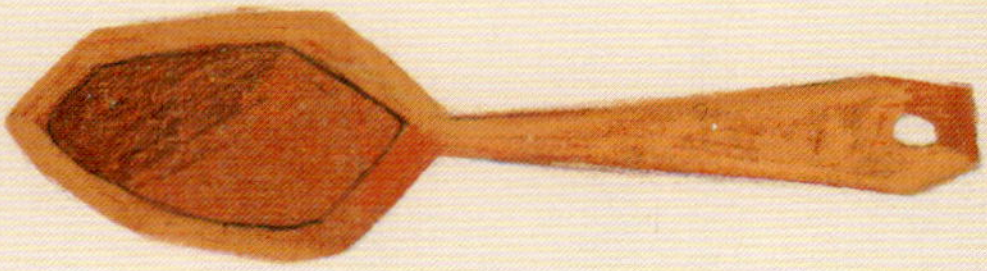

e

Desvetllat,
espio
el cel estrellat.
La lluna s'enfila,
enlaire,
enllà.
Encara veig
encesos
els llums de les llars.

E

f

El fanal fa llum,
la flor fa olor;
el foc fa fum,
el fum fa pudor.
La ferida fa mal.
Em fas un petó?

G

La granota i el gripau
s'han jugat en una bassa
qui dels dos fa el millor salt
(el qui perdi és un babau).
Ella fa un doble mortal,
però el gripau vol córrer massa
i al final… rellisca i cau.

H

Eh,
hola,
sóc la lletra hac.
No se'm sent
però hi sóc.
Sóc a l'hivern
però no a l'estiu,
sóc a l'hotel
però no a l'escola.
Sóc puntual
a totes hores.
No t'oblidis pas de mi
o ho hauràs de corregir.

Hote

i

Incidents

El setrill de l'oli
està destapat;
un mosquit pipioli
s'hi queda enganxat.

El conill Bugs Bunny
avui s'ha empatxat;
li toca dejuni,
menjar pa torrat.

• • •

El veí de l'àtic
està molt cansat:
l'ascensor –simpàtic!–
segueix espatllat.

j

Jardí de nit

Encara hi ha penjolls de cireres
a les branques més altes
del cirerer adormit.
L'aire escampa el perfum
del gessamí que puja
paret amunt
i tafaneja al balcó.
Un gat negre com el carbó
s'ajeu a l'herba
i mira el cel:
hi ha un núvol juganer
que amaga mitja lluna;
i una constel·lació
d'estrelles anuncia,
per al 10 d'agost,
una pluja d'estels.

K

Endevinalla

Marró i pelut per fora,
verd i brillant per dins;
més petit que el meló
i més gran que el raïm.
Qui primer l'endevini
mostrarà el seu enginy.

Lectura

Planto un grapat de lletres
com si fossin llavors.
I quan en surti un llibre
el llegirem tots dos.

que diu
lluny. || a la llarg
temps. || de ll.
vestit llarg o talar
o comptar de mas
ésser persona astu
riència.
llargada f. extensió
(en l'espai o en el
amb la dimensió
la normal; fig.
fig. sagaç; fig.
durada; amb durada
sura; de durada supe
anar
aplor

m

Carta als Reis Mags de l'Escola de Música

Per a la Mercè, un oboè.
Per a la Maria, una bateria.
Per a la Mònica, una harmònica.
Per al Martí, un violí.
Per a la Martina, una ocarina.
Per al Manel, un violoncel.
Per al Miquelet, un clarinet,
i per al Marçal, un timbal.

ESCOL

N

Nin-non,
fan non-non,
tots els nins i les nines,
els pingüins, les gallines,
tots els nens i les nenes,
també els bens, les balenes,
els xiquets, les xiquetes,
els gossets, les mixetes,
els ninons, les ninones,
i els lleons i les mones,
fan non-non,
nin-non.

Sopa de lletres

Xucla una M,
es menja una I,
pren una T,
mossega una J,
xarrupa una O
i llavors se n'adona:
s'ha empassat un MITJÓ!

Coses que m'agraden

Les patates palla.
Les pastes de nata.
Els petons dels pares.
Pessigar ma germana.
Les pomes pelades.
Les pel·lis de pirates.
Buscar pobles al mapa.
La pluja a la cara.
Fer pallassades.
Les mones de Pasqua.
Pescar crancs a la platja.

q

Qüestions

Qui hi ha?
L'Adrià.
I què vols?
Uns bunyols.
I per a què?
Per al cafè.
I per quan?
Pel meu sant.
I en vols quants?
Vint-i-tants.

Una pruna d'un pruner:
es diu Clàudia de primer.

Dos pebrots d'un pebroter:
pica l'un; l'altre també.

Tres peretes d'un perer
apostant qui cau primer.

Quatre pomes d'un pomer
un cuc tenen de lloguer.

Les cinc roses d'un roser
semblen fetes de paper.

S

La serp

Quan la serp va de visita,
o surt d'hora, amb molt de temps,
o fa tard sempre a la cita.
I és que totes les dreceres
se li omplen de revolts
quan hi passa anar fent esses.

La sardina

Quan entra a la llauna
la darrera sardina
que s'hi ha d'encabir,
deixa anar, tota fina:
«Ostres, tu, quanta fauna!
Sembla el metro al matí!»

La sargantana

Amb l'esprint no es va salvar
d'una petita escapçada:
la sargantana escuada
s'ha tornat un «sargantà».

S

t

Què diu el galop del cavall?

Que troti, que troti…
Tu trobes que troto
però no troto prou?
Si tant de trot vols,
trio canvi de torn
i és a tu a qui toca:
trota tu, trota tu…

u

El full i la fulla

El full i la fulla
es varen casar:
el nuvi, tot blanc;
la núvia, verd clar.
Quan tots dos sortien
de dins del jutjat
un munt de confeti
els va caure al cap.
Són ara feliços,
s’ho passen molt bé.
La fulla, al full,
de gust se’l llegeix,
li diu moltes coses
i no s’avorreix.
El full, a la fulla,
l’admira de cor:
com va de mudada
quan ve la tardor
i estrena vestits,
cada un d’un color!

nà
vo
mar
imàtun
es volen
en cas
aquest, su
negociacion
ultra prep
mista.
ultramar m. part del mar situada
tat oposat al nostre.
ultramarina a. que és a
m. pl. dit de
comestibles
del m

Víctor Vila, venedor,
ven viatges de vacances
en vaixell i en avió.

Vidal Vinyes, vinater,
ven uns vins de molt nivell:
tant si són molt envellits
com si és un vi novell.

Vicenç Vives, verdulaire,
ven verdures variades:
faves, raves i cols tendres
i unes cebes virolades.

Xxxt…
El cel s’enfosqueix.
Quan el dia s’acaba,
la nit el segueix.
Xxxt…
El pare llegeix
i al final del conte
el nen repeteix:
«Demà, el mateix!»
Xxxt…
La mare després
li canta molt fluix:
es tanquen els ulls
del nen i el peluix.
Xxxt…
Se’n va ja la nit
i el cel s’enrogeix.
Encara no ho veus
però el dia ja neix.

Z

Ara arriba el carnestoltes
i la zebra està feliç:
pot deixar de portar ratlles
i posar-se un vestit llis.

Aquest llibre l'ha escrit...

Salvador Comelles, que s'ho ha passat molt bé escrivint un poema per a cadascuna de les lletres de l'abecedari. En el de la lletra G hi surten una granota i un gripau, però també hi haurien pogut sortir dos gats com els que ell té a casa, i que potser un dia seran els protagonistes d'algun poema. Altres llibres de l'autor que podeu llegir són **Qui la diu, qui l'endevina** o **El llop viu a dalt.**

I les il·lustracions les ha fetes...

Àngels Ruiz, que diu que potser és tan fredolica perquè va néixer una nit molt freda del mes de desembre. Es posa contenta quan els Reis d'Orient li porten llapis de colors i jocs de taula. També li agrada mullar-se els peus passejant per la platja, menjar crispetes i estirar-se a l'herba per mirar els núvols. Ha fet els dibuixos de molts altres llibres, com ara els de **Les banyes d'en Cucarell.**
angelesruiz.blogspot.com

Més llibres per llegir

M'ho he passat molt bé amb **Kangú, el gos cangur.** Em faria molta gràcia tenir un cangur com el d'en Guillem!

Arnau, 7 anys de Manacor

Si llegiu **Vull ser model** veureu que fer de model no és pas tan divertit com us penseu...

Marina, 7 anys, de Salou

M'he divertit amb el llibre **La bruixeta Rosaura**, sobretot perquè hi surt un gegant molt i molt simpàtic.

Paula, 7 anys, de Castellterçol

Aquest llibre va ser escrit
a Terrassa (Vallès Occidental) i Oms (Rosselló)
la primavera i l'estiu de l'any 2013

Primera edició: març de 2015
Edició: Dolors Ortiz i Perpinyà
Adaptació del disseny de la col·lecció: Jordi Salvany Duran

Nàpols, 249 - 08013 Barcelona
editorial@cruilla.cat

ISBN: 978-84-661-3752-2
DL: B-1917-2015
Imprès a la UE / *Printed in EU*